I dedicate this book to my beautiful daughter Sofia Cathleen who keeps inspiring and motivating me to help my students understand that in life challenges are nothing else but opportunities. Te amo Sofía Cathleen, eres mi vida y mi sol.

I dedicate this book to Jairo Anibal Niño, the best teacher I ever had, the one who showed me the real meaning of poetry. Jairo Anibal, your classes will always be in my heart.

I dedicate this books to all my present and past students who have made me part of their idea of what education is.

D1500516

Acknowledgments

Corazón sin borrador is a reflection of all the hearts involved in education across the world.

Thank you to my dear friends Jennifer Degenhardt, and Alicia (AC) Quintero, for their encouragement and support while trying to make this book a reality. You both are not only amazing educators and writers but two generous souls always willing to help.

Thank you to my dear brother and best friend, Carlos E. Ojeda for always being my second hand.

Cover illustration: Jisseth Fierro (*jissethfierro@gmail.com*)
Inside illustrations: Silvia Agudelo (*spagudelo94@gmail.com*)

Los Colores

Ayer en la clase de arte hablamos sobre los colores.

Según la Sra. Arteaga, cada color tiene un significado.

Se dice que el blanco representa la pureza,
el amarillo la felicidad,
el rojo la pasión,
el azul la tranquilidad,
y el verde la esperanza.
Pero hay un color que reúne todo lo anterior,
el color oscuro y bello de tu piel.

A Tristán

Siempre vives rodeado por tus amigos.
Fútbol, coches, Instagram y no sé qué más.

Cuanto daría porque un día, por un segundo,
dejaras de hablar con ellos y me miraras a los
ojos.

Entonces escucharías mi súplica por una
sonrisa tuya y tal vez entenderías que en la
vida,
hay más cosas que solo carros, fútbol e
Instagram.

Mis clases y tú

En clase de matemáticas eres un número infinito.
En clase de ciencias eres una teoría que explica mi vida.
En clase de música eres la armonía de mi día.
En clase de arte eres el color que alegra mi tristeza.
En clase de geografía eres mapa sin fronteras.
Y en mi clase de español eres mi nuevo mundo.

Siete días tiene la semana

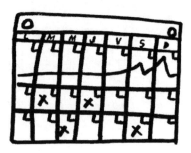

El lunes no puedo abrir los ojos.
El martes camino un poco cojo.
El miércoles no escucho la alarma.
Pero el jueves algo cambia,
pues cerca está el viernes,
y todo mi cuerpo baila.

Llega el sábado y todo el día,
envuelto entre las sábanas,
espero al domingo que muy
rápido pasa.

Mío

Hoy he decidido que quiero convertirme en tu móvil.
Para atrapar tu mirada.
Para llamar tu atención.
Para que me tengas entre tus manos.
Para que me lleves a todas partes.
Para que me hables.
Para que me escribas.
Para que escuches mis melodías.

Para que busques dentro de mí,
todo aquello que no sabes,
todas las respuestas.

Para que estemos unidos por siempre,
sin que ningún humano pueda alejarte de mí.

Sol sin luz

Salió el sol
y nunca regresó.

Salió el sol
y todo oscuro quedó.

Salió el sol
y a pesar de su resplandor,
no pude encontrarte durante el día.

Te busqué en la mañana, en la tarde y al
atardecer.
Pero fue solo hasta cuando cayó la noche,
que pude encontrarte,
en medio de la solitaria tiniebla
de mis sueños.

¿Quién soy?

¿Cuál es tu nombre? Pregunta el director,
¿Tienes amigos? Pregunta el profesor.
¿Cuántos años tienes? Pregunta la enfermera,
¿Cómo es tu familia? Pregunta la consejera.

¿En dónde está tu compás? Pregunta el profe
de Geometría,
¿En dónde está tu tarea? Pregunta la maestra
de Biología.

¿Traes bolígrafo? Pregunta mi profe de inglés,
¿Hiciste la tarea? Pregunta la maestra de
francés.

Preguntas, preguntas y más preguntas
No sé hacer otra cosa que responder.
Preguntas, preguntas, preguntas,
ya todo olvidé

Nutrientes

Frutas, verduras, carnes y agua.
Los nutrientes esenciales según mi maestro de
Biología.

No entiende él que tus miradas son mi
proteína,
que tus sonrisas son perfectas vitaminas.
Que el oro de tus cabellos es el único mineral
que preciso.

No entiende él que a tu lado el aire se
convierte en alimento,
que tu aroma es carbohidrato que me llena de
energía,
que una sola palabra tuya basta para seguir con
vida.

Soledad

Me tienes a mí, a tus hermanos y a tu papá
Me dice mi madre cuando ve mi tristeza.

Me tienes a mí, a tus profesores y al director
Me dice mi maestra cada vez que no puedo
hablar.

Me tienes a mí, a Clarita, a Raquel y a José
Me dice mi mejor amiga cada vez que me ve
llorar.

Qué tenue suenan sus voces,
Qué lejanas se ven las personas que caminan
junto a mi
Qué fuerte y agobiante es el sentimiento de
soledad.

Soy yo

Te gustan sus ojos porque son grandes y
azules.
No sabes que los míos, aunque pequeños y
negros,
pueden iluminarte el camino y guiarte en la
oscuridad.

Te gusta su boca de labios rojos perfectos.
No sabes que la mía tan normal,
puede susurrarte cuando estas triste para así
aliviar tus penas.

Te gustan sus manos largas y blancas.
No sabes que las mías morenas y gruesas,
pueden con una caricia, sanar tus miedos.

Te gustan sus piernas largas y delgadas.
No sabes que las mías cortas y robustas,
pueden rescatarte en segundos de ese
encierro,
que es tu tonta ilusión.

Poeta

Te veo y sale un verso.
Te escucho y sale una estrofa.
Te hablo y cada palabra rima a la perfección.
Te beso y un poema nace.

En la escuela me dicen poeta,
que porque hablo bien,
que porque escribo bonito,
que porque soy sensible.

No tienen ni idea
que mi única habilidad,
es poner en el papel
lo que veo, escucho, hablo y siento.

Beso de Hershey's

Mañana en el descanso de la tarde lo haré.
Te seguiré después de la clase de español,
caminaré detrás de ti y de tus amigas,
mantendré una distancia prudente pero
segura.

Cuando llegues a tu casillero
y dejes de hablar con tus amigas,
sacaré de mi bolsillo un beso de Hershey's,
lo pondré sobre tus libros y esperaré por tu
sorpresa.

Sé que me sonreirás y que agradecerás.
En ese momento te diré que es un beso
para la chica más hermosa de la escuela
Rogaré que lo comas pues en él está mi corazón.

Me duele

Me duele la cabeza de tanto estudiar.
Me duele el estómago por tanto comer.
Me duelen los brazos de tanto escribir.
Me duelen las piernas por tanto correr.

Me duelen los pies de tanto caminar.
Me duelen las manos por tantos videojuegos
jugar.
Me duelen los ojos de tanto instagramear.
Me duele la espalda por tantos libros cargar.

Pero cuando te veo,
quiero estudiar más,
se me pasa el hambre,
escribo poemas,

Soy el más rápido en el equipo de fútbol.
Eres la fuerza oculta que me da energía al despertar.

La importancia de las matemáticas

Todos los maestros me dicen que las matemáticas son importantes en la vida.
Mientras hago mi tarea de ecuaciones me pregunto si la suma me ayudará a tener más amigos, si la resta me ayudará a olvidar las penas, si la multiplicación permitirá ayudar a los necesitados, y si la división traerá al mundo equidad y paz.

Todos los maestros insisten en que aprenda matemáticas.
Mientras tanto me pregunto si el álgebra me ayudará a balancear las malas cuentas del

corazón, si el cálculo me ayudará a saber qué tanto caminar y si con la geometría podré con

exactitud definir el área en que debo concentrarme para encontrar la otra mitad de mi corazón.

El uniforme

Suéter gris,
camisa blanca,
pantalón o falda negra,
zapatos negros,
medias blancas.

Es el uniforme de mi escuela.
El que unifica, el que le dice al mundo quien
eres.
El que te delata, el que te esconde.
Es el uniforme de mi escuela
El que democratiza y el que segrega.

El que te hace invisible en la revuelta,
el que nos descubre cada vez que nos
quedamos,
charlando hasta el anochecer.

Solo ella...

Parece que no tienes a nadie más que a Viviana
en tu Snapchat.
Cada mañana cuando abro mi cuenta,
Salen como moscas en basurero,
miles de "likes" que le has dado a sus fotos
postizas.

Si te gusta su largo y lacio pelo,
es porque no has notado que, en el mío,
frondoso y abundante, puedes perderte y ser
tú mismo.

Si te ponen nervioso sus labios rojos,
es porque no has notado el maquillaje que los
dibuja.
Es porque no ves que los míos fueron
esculpidos desde la cuna.

Parece que en tu Snapchat solo ves a Viviana.
En las mañanas cuando abro mi cuenta,
cada "me gusta" que das a sus fotos,
se meten como astillas en mi corazón
y ni te das cuenta.

Mal estudiante

Todos los profesores coinciden
en que poco creativo soy.
Que me duermo en clase,
que no pongo atención.

Todos los profesores coinciden
en que no me gusta participar.
Que siempre miro afuera de la ventana
que no pongo atención.

Todos los profesores coinciden
en que no soy organizado.
Que no traigo materiales
que un caso perdido soy.

Es que los profesores no pueden ver
que mi creación es solo para ti,
que mis sueños son tuyos,
que mi atención se concentra en tu voz.

Es que los profesores no saben
que callo para poder escuchar tu respiración,
que miro afuera de la ventana,
solo para imaginar que esa pareja,
que camina todos los días por el parque,
somos tú y yo.

Inventor

Cada vez que veo tus ojos,
quiero inventar una cámara fotográfica
que capture todas tus miradas.

Cada vez que escucho tu voz,
quiero inventar un micrófono
que en secreto grabe todas tus palabras.

Cada vez que siento el olor de tu perfume,
quiero inventar una aspiradora
que recoja toda tu esencia

Cada vez que pienso en ti,
veo tus ojos, escucho tu voz, percibo tu
perfume,
Y solo quiero inventar
Un único mundo para los dos.

Llegaste a la escuela en octubre

Llegaste a la escuela en octubre
cuando los árboles cambian al mundo de color,
cuando el verano no es más que un recuerdo
cuando nos preparamos para el frío invierno.

Llegaste a la escuela en octubre
y desde el primer momento en que te vi,
supe que quería estar muy cerca de ti,
tan cerca que mis labios imaginaron tus besos.

Llegaste a la escuela en octubre y según mis
cálculos,
en diciembre tendría suficiente dinero para
invitarte al cine y a cenar.
Corté el césped de mis vecinos,
cuidé el gato de mi abuela,
lavé los coches de mis profesores,
y hasta vendí mis notas de Biología.

El 15 de diciembre, un día antes de salir a vacaciones

Sería el día indicado.

El 15 de diciembre te daría una tarjeta hecha a mano

invitándote a "Volare", el mejor restaurante italiano en la ciudad,

invitándote a ver aquella película con tus actores favoritos.

El 15 de diciembre me desperté muy temprano, me levanté con una energía inusitada y me peiné a la perfección.

Caminé a la escuela con mi mochila y tu tarjeta en la mano

Saludé y les sonreí a todos, me sentía radiante y feliz.

Dejé mi mochila en el casillero y me dirigí a nuestra primera clase,

Me senté cerca a la puerta, pues quería pasarte la tarjeta cuando entraras.

De repente te vi, mi corazón saltó de emoción, mi mano buscó con nervios la tarjeta sobre el escritorio.

En un reflejo automático extendí mi mano para entregártela,

Sin darme cuenta de que Novoa, el capitán del equipo de fútbol apretaba tu mano.
Seguiste de largo dejando en el aire un aroma de traición.

Llegaste a la escuela en octubre y en mi corazón,
cayeron una a una las ilusiones que, de tenerte, caen las hojas agonizantes del otoño, vacías de amor.

Amor de sexto grado

Estábamos en sexto grado cuando la conocí.
Cada día a la hora del almuerzo,
nos encontrábamos en la terracita que daba a
la cancha de volibol.
Siempre llevaba la falda de su uniforme bien
planchada.
El suéter gris con el escudo de la escuela
impecable.
Las medias blancas abajito de las rodillas
y sus zapatos azules que brillaban con el sol.

Cada día la terracita era una pasarela
en donde ella era la modelo principal,
que yo imaginaba desfilar solo para mí.

No hablábamos mucho,
tan solo nos mirábamos a los ojos
y de vez en cuando contemplaba su boca, sus
manos, y su pelo negro,
que con el viento de la mañana parecía volar,
que con el reflejo del sol embellecía más su
rostro.

Casi siempre nos tomábamos de la mano
para mirar los partidos en la cancha principal.
Por un tiempo desaparecieron las ganas de
jugar,
de molestar, de hablar con los amigos y de
regresar a casa después de clases.

De repente el tiempo corrió y una tarde
el año escolar acabó.
Me dijo que su familia se mudaba a otra ciudad,
Y que el año siguiente ya no estaría más.

Sin hablar soltamos nuestras manos
y entonces la terracita, la pasarela,
dejó de ser el oasis de nuestro amor.

La luna que quería brillar

La luna está triste esta noche
porque hay una nube que le cuenta historias
sobre el sol.
Dice la nube que existe una estrella muy
grande y luminosa
que es capaz de iluminar al mundo,
que es capaz de hacer a todos felices.

La luna está triste esta noche,
y en medio de la oscuridad trata de brillar
tanto como el sol.
Pero después de tanto intentarlo queda
exhausta y solo quiere dormir.

La luna tiene un plan,
mañana en la noche no dormirá.
Estará despierta en medio de la oscuridad.

Esperará al amanecer y al sol conocerá.
La luna ya no está triste porque tiene un plan.
¿Qué crees que en la mañana va a pasar?

Mi clase de francés

Por fin ha llegado el momento que durante todo el verano esperé.

Por fin se abren las puertas de mi clase de francés.

Entro al salón y allí estás sonriente, bella y alegre como siempre.

Con vacilación te digo "hola" y con naturalidad me respondes "bon jour".

Abro mi cuaderno y sin hacer ruido al piso caen todos los poemas que anoche te escribí.

Recojo palabra por palabra y al encontrarse a salvo en la primera página, forman sin esfuerzo un acróstico romántico con tu nombre.

Y mientras el profesor repite palabras como chaise, stylo y conjugaison.

¡Mi corazón te grita bisou!, ¡fleur!, y amour!
Por fin ha llegado el momento que tanto esperé

En la clase solos tú, yo y mi corazón, nuestro nuevo maestro de francés.

Útiles escolares

Para el próximo año escolar compraré,
cien lápices y diez cuadernos para escribirte
mil poemas.
Un tajalápiz para cuando necesite afinar mi
inspiración.
Dos resaltadores que iluminen tus días tristes.
Hojas sueltas de papel que vuelen a ti con mis
besos.
Unas tijeras que corten el hielo cada vez que
discutamos.
Una calculadora para sumar cada segundo que
pienso en ti.
Una caja grande de colores para dibujarte
cada día una flor.

Una regla que me lleve cada mañana derechito a ti.

Un diccionario para siempre tener la palabra adecuada.

Un borrador para hacer desaparecer los fines de semana cuando no hay escuela.

Y una mochila para llevar en vacaciones, tu sonrisa, tu mirada y tu aliento.

Mi nivel de amistad

Mientras en la clase de español practicamos cantando
Ricardo, el nuevo estudiante recién llegado de México mira su cuaderno sin usar.
Mientras en la clase de español practicamos jugando
Ricardo, el estudiante de pelo negro brillante, se cruza de brazos sin participar.
Mientras en la clase de español leemos historias "auténticas"
Ricardo, el chico de ojos grandes color café, parece dormirse sin escuchar.
Mientras en la clase de español vemos un video a pedacitos
Ricardo, el compi de sonrisa amable clava su mirada en el reloj sin parpadear.
Mientras en la clase de español hablamos de "Lalo" nuestra mascota fantástica

Ricardo, mi amigo Ricardo, recuerda con tristeza su perrito en Durango y se pone a llorar.

Mientras en la clase de español mi profe me dice que he pasado de novicio a intermedio en seis meses

Gracias a Ricardo, mi amigo mexicano, ahora estoy en el nivel superior de amistad.

El chico perfecto

Eres el chico perfecto,
preparas el desayuno para tu hermanito menor,
llevas a tu madre al trabajo cada mañana,
haces la cama antes de salir para la escuela,
y lavas tu ropa cada fin de semana.

Eres el chico perfecto,
los profesores quieren tomarse selfis contigo,
las chicas mueren por sentarte junto a ti,
y los chicos disfrutan de tus bromas y de tu
libertad.

Eres el chico perfecto,
haces todos tus deberes sin quejarte,
practicas tres deportes,
tocas dos instrumentos,
y eres parte del equipo de matemáticas.

Eres el chico perfecto,
Me encantan tus fotos en Snapchat y en
Instagram.

Eres el chico perfecto,
y aunque no sabes quién soy,
aunque nunca me has hablado,
soy tu fan # 1 en redes sociales,
la que siempre te da un "me gusta" a todo lo
que publicas,
la que retuitea tus palabras,
la que comenta cada cosa que compartes.

Eres el chico perfecto
¡y yo soy tan imperfecta!
nadie me sigue,
Nadie comenta mis fotos,
a nadie le importa lo que publico,
no existo para los demás.

Pero eres el chico perfecto
y aunque nunca me hablas
o escuchas mi saludo en la mañana,
sé lo que te gusta y lo que no te gusta,
lo que comes y no comes
lo que piensas y no piensas
¡lo sé todo de ti!

Eres el chico perfecto
y no necesito más,
sino seguirte en las redes sociales,
para cada día y bajo el manto de mi seudónimo
amarte más y más.

Si pudiera

Si pudiera decidir en donde vives
para escuchar tu voz más a menudo,
se alegrarían mis días cada mañana cuando a la
escuela vas.

Si pudiera escoger tus clases,
te pondría en mi clase de literatura,
para escucharte leer poemas,
para hacerte parte de mis historias de ficción.

Si pudiera hacer tu almuerzo,
te prepararía un postre de tres leches,
para que te deleites y sonrías,
para que mientras comes me cuentes tu vida.

Si pudiera decidir tus actividades después de la escuela,
te inscribiría en el club se danza,
para verte libre y feliz,
para tomarte de la mano e invitarte a volar.

Si pudiera cambiar el destino
no te habrías mudado a otra ciudad y
no tendría que llorar más.

Actividades

Pg. 1   *Los Colores*

+Haz una lista de tus colores favoritos y explica por qué has escogido cada uno de ellos.
+Trata de escribir un pequeño poema basado en tus colores favoritos.

Pg. 2   *A Tristan*

+¿Cuáles crees tú que son las cosas más importantes en tu vida en este momento? ¿En qué actividades participas y te gustan?
+¿Cuáles crees que serán las actividades más importantes para ti en 20 años?
+¿Cuánto tiempo dedicas a las redes sociales como Instagram, Snapchat y Tik Tok?

Pg. 3   *Mis clases y tú*

+¿Cuál es el tema más interesante que estás aprendiendo en este momento en tus clases?
+¿Por qué es importante? ¿Cómo se relaciona con tu vida?

Pg. 4   *Siete días tiene la semana*

+Dibuja un calendario que incluya todos los días de la semana y al final de cada día escribe y dibuja cómo te sentiste.
+Investiga el significado del nombre de cada uno de los días de la semana en español. ¡Te sorprenderá!

Pg.5	Mio
	+¿Sabes qué es la nomofobia? ¿Sufres de nomofobia?
	+¿Tienes un plan para reducir tu tiempo en el teléfono?
	+¿Qué podrías hacer durante todo el tiempo libre que tendrías si dejaras de usar tanto tu teléfono?

Pg.6	Sol sin luz
	+Investiga cuántos años creen los científicos que perdurará la energía del sol.
	+Busca algunas leyendas y mitos sobre la creación del sol.

Pg.7	¿Quién soy?
	+¿Cómo te describirías en cinco palabras?
	+¿Crees que los estudiantes tienen una personalidad diferente en la escuela comparado con cómo son en sus casas? ¿Por qué?

Pg.9	Nutrientes
	A veces los jóvenes no comen muy bien. ¿Por qué cree que esto sucede?
	¿Cuál es la fruta más popular en tu comunidad? ¿En tu casa?

Pg.10	**Soledad**

+Haz un dibujo que represente lo que para ti es la soledad. Explícalo a la clase.
+Con unos amigos visita una casa para ancianos y charla con ellos.

Pg.11	**Soy yo**

+¿Sabes bien de qué color son tus ojos? ¿Con qué cosa en la naturaleza compararías tus ojos? ¿Escribirías un poema sobre tus ojos?

Pg.13	**Poeta**

¿Habías leído poesía en español antes? ¿Qué autor?
+¿Sabes quienes fueron Gabriela Mistral y Rubén Darío? Te recomiendo sus poemas.

Pg.14	**Beso de Hershey's**

+¿Has probado dulces de países hispanos?
+¿Son diferentes a los dulces que puedes comprar en tu comunidad?
+Investiga de dónde viene el azúcar que usan las compañías multinacionales que producen dulces. Comparte tu opinión después.

Pg.15	**Me duele**

+¿Cuántas horas debe dormir una persona joven como tú para poder tener energía casa día?
+¿Duermes lo suficiente?

Pg.17   *La importancia de las matemáticas*

+¿Cuál crees tú que es el tema de la clase de matemáticas más importante para aprender?
+¿Por qué?
+¿Tienes un número favorito? ¿Por qué es tu número favorito?

Pg.19   *El uniforme*

+¿Debes usar uniforme en tu escuela? Descríbelo.
+Si no usas uniforme, ¿te gustaría usarlo? +¿Por qué?
+Investiga algunos uniformes en escuelas de países hispanos.

Pg.20   *Solo ella*

+Para ti, ¿qué es la belleza?
+¿Es posible que todos los seres humanos seamos bellos? Explica tu respuesta.

Pg.22   *Mal estudiante*

+¿Crees que los malos estudiantes nacen o se hacen?
+Investiga que persona famosa fue un mal estudiante durante su juventud.

Inventor

+Piensa en un problema común que tienes a diario o piensa en un problema de la humanidad. ¿Qué podrías inventar para solucionarlos?

+Para ti, ¿cuál ha sido la invención más importante en la humanidad? ¿por qué?

Llegaste a la escuela en Octubre

+¿Cuál es tu estación favorita? ¿Cuál es la más triste, feliz, nostálgica, divertida? ¿Por qué?

+¿Crees que los estados de ánimo cambian según la estación del año? ¿Cómo podemos prepararnos?

Amor de sexto grado

+¿Has tenido o te gustaría tener a una persona especial en la escuela?

+Cuando te gusta una persona en la escuela ¿es importante la opinión de tus amigos?

La luna que quería brillar

+Si la luna y el sol pudieran tener una conversación ¿qué piensas tú que se contarían?

+¿Cómo sería tu vida diferente si no existiera la noche o si no existiera el día?

Mi clase de Francés

+¿Sabes algún otro idioma? ¿Cómo lo aprendiste?

+¿Qué otro idioma te gustará aprender? ¿Por qué?

+¿Qué otros idiomas se hablan en tu comunidad?

Útiles escolares

+¿Sabes que no todos los estudiantes en el mundo tienen acceso a útiles escolares? Piensa en un plan para ayudar a quienes no tienen los materiales apropiados para la escuela.

+¿En tu opinión cuál es el útil escolar más importante y cuál es el menos importante? ¿por qué?

Mi nivel de amistad

+¿Hay estudiantes hispanos en tu clase de español o en tu escuela? ¿Has practicado tu español con ellos? ¿sabes de qué lugar son sus familias?

+Imagina que vas a vivir en otro país y que debas tomar la clase de Inglés como segunda lengua con los chicos que lo están aprendiendo. Describe cómo te sentirías.

El chico perfecto

+Para ti, ¿qué es la perfección?

¿Conoces a alguien perfecto? ¿En qué se basa la perfección?

+¿Es posible encontrar personas perfectas en el mundo?

Si pudiera

+¿Qué harías si pudieras cambiar el mundo para una persona?

GLOSARIO

A
A pedacitos - small pieces
A salvo - to be safe
Abrazo - hug
Agobiante - overwhelming
Agonizantes - dying
Alba - dawn
Aliento - breath
Alimento - food, nourishment
Alma - soul
Amanecer - dawn
Andar - to walk
Anochece - it's getting dark
Aquella - hat (over there)
Aroma - smell
Arropa - clothe
Astillas - splinters
Atar - to lace up
Atrapar - to trap; to catch

B
Basta - enough
Basurero - trash can
Berenjena - eggplant

C
Cada vez - each time
Callados - quiet
Capaz - able
Caricia - caress, stroke
Clavar - to nail
Compartir - to share
Compi - classmate, workmate
Conseguir - to get, obtain
Conserjes - Janitors

D
Dañados - damaged
De repente - suddenly
Delatar - to denounce
Descubrir - to discover

E
Encierro - confinement
Escudo - shield
Esculpido - sculpted
Esfuerzo - effort
Estrofa - stanza

F
Frondoso - dense

G
Golosa – sweet - toothed
Grueso - thick

H
Habilidad - skill
Hambre - hungry

J
Junto - together

L
Lacio - straight
Latir - to beat
Lejanas - distant
Luminoso - bright
Luna - Moon

M
Marinero - sailor
Mayores - older
Miedo - fear
Mientras - while
Mirad- as gazes

N
Nube - cloud

O
Oscuridad - darkness

P
Palabra - word
Parpadear - . to blink
Penas - sorrows
Piel - skin
Piso - floor
Planchar - to iron
Postizas - fake
Preciso - precise

Q
Quejarse - to complain

R
Recoger - to pick up
Relajados - relaxed
Resaltadores - highlighters
Resplandor - brightness
Resta - subtraction
Revuelta - revolt
Rogar - to beg
Ruido - noise

S
Sin embargo - nevertheless
Solteros - single
Sonriente - smiling
Sonrisas - smiles
Soportar - to put up with
Suma - addition, sum
Súplica - plea
Susurrarte - wisper

T
Tenue - light, faint
Terracita - small terrace
Tiniebla - darkness, shadows
Tinta - ink

U
Unificar - to unify

V
Verano - summer

85100082R00035